데굴데굴
주먹밥
おむすび ころりん

글·그림_ 구보아카네

옛날 옛날 숲속 마을에 나무꾼 할아버지와 할머니가 살고 있었어요.
할머니는 열심히 일하는 할아버지를 위해 매일매일
맛있는 주먹밥을 만들어 주었어요.

"할멈, 내가 나무를 해 가지고 오리다."
"네~ 영감님, 조심히 다녀오세요."

むかしむかし、木こりのおじいさんと、おばあさんが住んでいました。
おばあさんは、いっしょうけんめい　働くおじいさんのために、毎日まいにち、
おいしいおむすびを作ってあげました。

"ばあさんや、　わしが木をたくさん切って来るからな。"
"ええ、おじいさん。気をつけて行って来てくださいね。"

나무꾼 할아버지는 점심때가 되자
그루터기에 걸터앉아, 점심을 먹으려고 했어요.

"할멈이 만들어준 주먹밥은 이 세상에서 제일 맛있지, 음~."
할아버지가 혼잣말을 하면서 대나무 껍질로 싼 주먹밥을 꺼냈어요.

그때 주먹밥 하나가 땅바닥에 툭 떨어져 데구루루 굴러
옆에 있던 구멍으로 들어가 버렸지요.

木(き)こりのおじいさんは、お昼(ひる)の時間(じかん)になり
木(き)の株(かぶ)に　腰(こし)をおろし、昼(ひる)ごはんを食(た)べようとしました。

"ばあさんが作(つく)るおむすびは、この世(よ)で一番(いちばん)　おいしいなあ。うーん。"
おじいさんが、独(ひと)り言(ごと)を言(い)いながら、
竹(たけ)の皮(かわ)でつつまれたおむすびを とり出(だ)しました。

その時(とき)　おむすび一(ひと)つが地面(じめん)におち、ころころころ~っと　ころがり
横(よこ)にあった穴(あな)の中(なか)に、おちてしまいました。

"어~ 안 돼! 주먹밥아! 기다려! 할멈이 만들어준 주먹밥인데……"

아쉬움에 할아버지가 구멍을 들여다보니
구멍 깊은 곳에서 고운 노랫소리가 들렸어요.

♪ 주먹밥이 데굴데굴 데구루루 ~~ ♫
♪ 데굴데굴 구멍 속으로 ~ ♫

"이상도 하네? 누가 노래를 부르고 있는 걸까?"
할아버지는 지금까지 이렇게 고운 노랫소리를
한 번도 들어본 적이 없었어요.

"おー、だめだ!おむすびや、待てー!
ばあさんが作ってくれた　おむすびなのに。。。"

おじいさんが穴の中をのぞいてみると、深い穴の中から
きれいな歌声が聞こえてきました。

♪おむすび　ころころ　こ~ろり~ん ♫
♪こ~ろころ　　穴の奥に ♫

"変だなあ?　だれが歌をうたっているのじゃ?"
おじいさんは今まで、このような　きれいな歌声を
一度も　聞いたことがありませんでした。

"음……, 한 번 더 들어볼까?"
할아버지는 구멍 안으로 주먹밥 하나를 더 떨어뜨려봤어요.

"이번에는 노래를 가까이서 들어볼까?"
할아버지는 더 잘 듣기 위해 구멍 가까이 귀를 대는 순간 미끄러져서
구멍 안으로 쏘~옥 빠지고 말았어요.

"もう一度　ききたいなあ~"
おじいさんは、穴の中に　おむすびを　もう一つ落としてみました。

"よいしょ、　歌を近くで　聞いてみるかな?"
おじいさんは、もっとよく聞こうと　穴の近くに、耳を近づけた瞬間　すべって
穴の中に　すーっと　落ちてしまいました。

그러자 그 곳에는 수많은 쥐가 있었어요.

"어서오세요~ 할아버지!!"
"할아버지가 주신 맛있는
주먹밥 잘 먹었습니다."

쥐들은 작은 머리를 숙여 할아버지에게 인사를 했어요.

"할아버지, 그럼 이번에는 우리들이 떡을 만들어서 대접할게요."
"천천히 놀다 가세요."

すると、そこには　たくさんの　ねずみたちがいました。

"ようこそ~ おじいさん!"
"おじいさんがくださった　おいしいおむすび　ごちそうさまでした。"

ねずみたちは、小さな頭をさげて　おじいさんにあいさつをしました。

"おじいさん、それじゃあ、今度は　わたしたちが　もちを作って　おもてなしをしますね。"
"ゆっくり　あそんでいってくださいね。"

쥐들은 절구와 절구공이를 가져와
♪ 쿵덕쿵덕 떡 찧기~ ♪
♪ 쿵덕쿵덕 구멍 속~ ♪
이라고 노래하면서 떡을 찧기 시작했어요.

쥐들은 노래도 하고 춤도 추고 맛있는 음식도 많이 가져다주고
할아버지에게 대접을 했어요.
할아버지는 너무 신이 나서 시간이 가는 줄을 몰랐어요.

ねずみたちは、杵と臼をもってきて

♪ぺったん　ぺったん　もちつき~♪

♪ぺったん　ぺったん　穴の奥　♪
と　歌をうたいながら、もちをつき始めました。

ねずみたちは、歌をうたい踊りをおどり、
おいしい食事をたくさん運び、
おじいさんをもてなしました。

おじいさんは
とても気分がよくなり
時間がすぎるのも

わかりませんでした。

"아이쿠, 저녁때가 다 되었네. 할멈이 걱정하겠네."

할아버지가 돌아갈 준비를 하자 쥐들은
맛있는 떡이랑 보물들을 선물로 드리면서 나가는 문으로 안내해 줬어요.

집에 돌아온 할아버지는 할머니에게 오늘 있었던 일을 이야기했어요.

"ありゃりゃ、もう夕方(ゆうがた)になってしまった。ばあさんが　心配(しんぱい)するだろう。"

おじいさんが、帰(かえ)る準備(じゅんび)をしていると、ねずみたちは
おいしいもちと、宝物(たからもの)などを　お土産(みやげ)にわたしながら
外(そと)に出(で)る門(もん)に、案内(あんない)してあげました。

家(いえ)にかえって来(き)たおじいさんは、おばあさんに
今日(きょう)あった出来事(できごと)をはなしました。

그런데 그 이야기를 들은 욕심이 많은 옆집 할아버지가
"쥐나라라고? 그럼 나도 한 번 가 볼까?"라고 말하며,
할머니에게 주먹밥을 만들어 달라고 했어요.

할머니는 어차피 쥐들이 먹을 것이니까 맛없는 주먹밥을 만들어서
할아버지에게 주었어요.

ところで、その話をきいた欲ばりな　となりの家のおじいさんが
"ねずみの国だと？　それなら、わしも一度　行ってみるか？"

と言って　おばあさんに、おむすびを作ってもらいました。

おばあさんは、どうせねずみたちが食べるものだからと、
おいしくないおむすびを作って
おじいさんに　わたしました。

옆집 할아버지는 산으로 가서 구멍을 찾았어요.

"쥐들에게는 주먹밥 한 개도 아까워! 반 개만 줘도 충분해!"
주먹밥 반 개를 구멍에 떨어뜨리더니 노랫소리도 듣지도 않고
바로 구멍 안으로 쑥 들어갔어요.

となりの家のおじいさんは、山にいき、穴を見つけました。

"ねずみたちには、おむすび一つは、もったいない！
半分だけあげれば　十分だ！"
と言い、　半分だけ　穴の中におとし　歌声も聞かずに、
すぐに穴の中に入ってしまいました。

"야~! 쥐들아! 주먹밥 줬으니까 빨리 떡이랑 보물을 가져와!"
쥐들은 어이가 없었지만 가져다줬어요.

기분이 좋아진 옆집 할아버지는 노래를 부르기 시작했지요.
♪♪ 쥐들의 보물은 좋은 보물~ 야옹 ~ ♪♫
♪♪ 고양이가 울면 다 내꺼야~! 야옹 ~ ♫

그러자 갑자기 주변이 캄캄해지고 조용해졌어요.
그 노래를 들은 쥐들이 모두 다 도망가 버린 것이지요.

"こら~！　ねずみたち！おむすびをあげたんだから
早く　もちと、宝物をもってこい~！"
ねずみたちは　はらがたちましたが、もってきてあげました。

そして気分がよくなった　となりの家のおじいさんは、歌をうたいはじめました。
♪♪ねずみたちの宝物は　よい宝物だ　にゃあ~♪♫
♪♪ねこが鳴いたら、わしのものだ~！　にゃあ~♪♫

すると突然、あたりがまっくらになり　しずかになりました。
その歌を聞いたねずみたちは、みんな逃げてしまったのです。

"농담이야, 얘들아⋯⋯ 장난치지 마⋯⋯!!"
라고 말했지만 아무도 오지 않았어요.

어두운 구멍 속을 걸으면 걸을수록 점점 이상한 곳이 나오고
여기저기 부딪혀서 옆집 할아버지는 혹이 많이 생겼어요.

"미안해. 나를 구멍에서 꺼내 줘~!"

"うそだよ~　　　うーん　ふざけるな~~!!"
と言っても　誰もいなくて、おじいさん一人でした。

暗い穴の奥で　歩けばあるくほど、ちょっとずつ　へんなところに行って
あちこちぶつかり　となりの家のおじいさんは、たくさん怪我をしてしまいました。

"ごめんよ~　　うーん　穴からだしてくれ~!"

해가 질 때 쯤, 할아버지는 겨우 구멍 밖으로 나왔어요.

"흐으앙~ 이젠 욕심내지 말아야지."
할아버지는 울면서 집으로 갔데요.

日がしずむころ、おじいさんは、ようやく穴の外に出てきました。

"うぇーん　これからは欲をだすのは　やめよう~"
と、泣きながら、家まで帰ったそうです。

The Rolling Rice Balls

Once upon a time, there lived an old woodcutter and old woman.
The old woman made delicious rice balls every day for the hard-working old man.
"Dear, I will bring a lot of wood."
"Sure, please come back safely."

When lunchtime came, the old woodcutter sat down on a stump to try to have his lunch.

"The rice balls my wife makes the best there are. Hmmm~"

He was taking out rice ball wrapped in bamboo sheath thinking out loud to himself.

At that time, a rice ball dropped on the ground and rolled into the hole next to him.

"Gosh~ no way! My rice ball! Wait a bit! It's the rice ball my wife made······."

He looked down into the deep hole, just then a beautiful song came out of it.

"Rice ball rolling down.
  Rolling, rolling down~~"
"Rolling, rolling,
  into the hole~~"

"It's pretty weird, isn't it?
 Who is singing?"

He has never heard so beautiful song before.

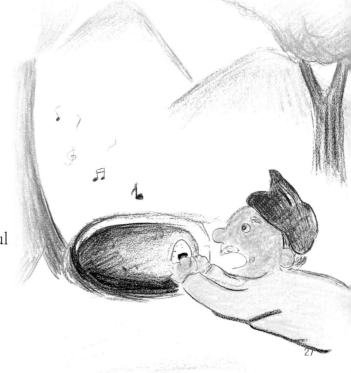

"I want to hear it once more."
He dropped another rice ball
into the hole again.
"Ok. so listen close."
He leaned over the edge of the
hole to listen to it better, then
he himself slipped down into
the hole.

There were lots of mice.
"Welcome~ Old man!!"
"We have enjoyed delicious rice ball
that you gave us!"
The mice bob a greeting to him.
"Well, we'll serve you mochi in return."
"We hope you enjoy your stay here."

They brought a mortar and pestle.
"Thump, thump, making the mochi~"
"Thump, thump, in the hole~"
Singing a song, they pounded rice in a mortar.

The mice sing and dance together, and they served a lot of delicious foods to the old man.

The old woodcutter lost all track of time as he was having so much fun.

"Oh my, It's already dinner time. my wife will be worried."
When old woodcutter gets ready to go back home, the mice gave him delicious mochi and treasures as gifts and kindly led him out.
When the old woodcutter returned home, he told his wife about his big day.

The greedy old man who lived next door heard about the story.
"The mouse world? I guess I'll give it a try."
Then, he asked his wife to make him some rice balls.
His wife made terrible rice balls for him because the mice would eat anyway.

He went into the mountains and found the hole.
"I grudge mice an rice ball it ate! Half a rice ball enough to get by!"
He dropped only half of the rice balls into the hole, he even did not
listen to the song, but went straight into the hole.

"Hoy! Rats, I gave you rice balls, so go get the mochi and the treasures."
The mice were angry but gave them to him.

The greedy old man, who felt much better, started singing.
"The treasure of rats is a good treasure, Meow~."
"When a cat meows, the treasure is mine. Meow~."

Suddenly, the mouse world became dark and quiet.
The frightened little mice scattered every which way and disappeared.

"I can't believe it. yow! Please stop teasing me!"
There is nobody else in the hole but greedy old man.
But since it was dark, he had walked over and over again and lost his way.
Also he bumped into the wall and got a bump all over.

"I am so sorry~! Please rescue me! Get me out here!"

After sunset, the greedy old man crawled out of the hole.

"Boohoo⋯ I'll never do this again. never!"
He went home crying.

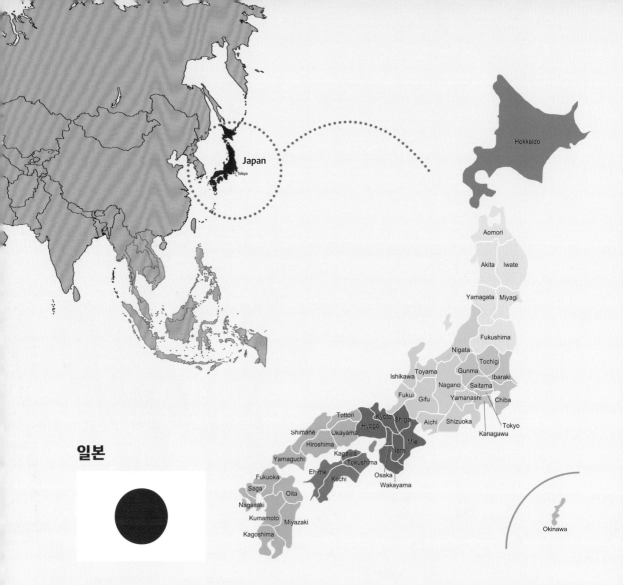

일본

- 위치 : 동아시아
- 수도 : 도쿄
- 언어 : 일본어
- 종교 : 신도, 불교, 기독교
- 정치·의회형태 : 입헌국주제

일본은 아시아 대륙 동쪽에 홋카이도[北海道], 혼슈[本州], 시코쿠[四國], 규슈[九州] 등 4개의 큰 섬을 중심으로 북동에서 남서 방향으로 이어지는 일본열도를 차지한 섬나라입니다.

섬나라이기에 수산국일 것 같지만 동시에 농업국이기도 합니다. 기름진 땅과 따뜻한 기후 덕분에 풍성한 농작물을 수확하고 있다는데요. 일본 역사의 모든 시대를 통하여, 쌀은 일본인의 식생활에 없어서는 안되는 주식이 되었습니다. 이른 아침부터 고된 일들을 끝낸 농민들은 손수 키우고 있는 농작물이 자라는 모습을 바라보면서 김으로 싼 주먹밥 정식을 즐겨 왔습니다.